AF356084

21 mars 1894

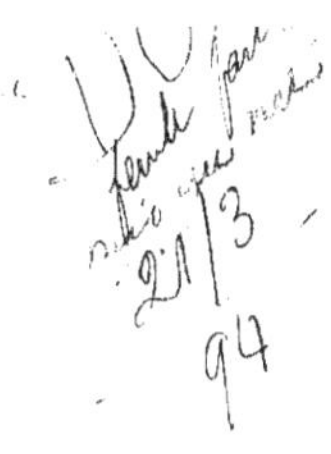

CATALOGUE

d'Estampes Japonaises

VENTE A L'HOTEL DES COMMISSAIRES-PRISEURS

RUE DROUOT, 9 (salle n° 9)

Le Mercredi, 21 Mars 1894

A DEUX HEURES PRÉCISES

<table>
<tr><td>Me Maurice DELESTRE</td><td>M. Ernest LEROUX</td></tr>
</table>

Me Maurice DELESTRE	M. Ernest LEROUX
Commissaire-Priseur	Libraire-Expert
27, RUE DROUOT, 27	28, RUE BONAPARTE, 28

PARIS

ERNEST LEROUX, ÉDITEUR

28, RUE BONAPARTE, 28

1894

CATALOGUE

d'Estampes Japonaises

VENTE A L'HOTEL DES COMMISSAIRES-PRISEURS

RUE DROUOT, 9 (salle n° 9)

Le Mercredi, 21 Mars 1894

A DEUX HEURES PRÉCISES

Mᵉ Maurice DELESTRE		**M. Ernest LEROUX**
Commissaire-Priseur		Libraire-Expert
27, RUE DROUOT, 27		28, RUE BONAPARTE, 28

PARIS

ERNEST LEROUX, EDITEUR

28, RUE BONAPARTE, 28

1894

ORDRE DE LA VACATION

CONDITIONS DE LA VENTE

La vente sera faite au comptant.

Les adjudicataires payeront cinq pour cent en sus des enchères, applicables aux frais.

M. Ernest Leroux se chargera des commissions des personnes qui ne pourront assister à la vente.

ESTAMPES JAPONAISES

KORIN

1. — Belle suite de dix planches en format oblong.

    1. Vol d'oies sauvages.
    2. Les sept sages dans la forêt de bambous.
    3. Des pivoines.
    4. Des souris.
    5. Des petits oiseaux voletant au-dessus d'un ruisseau.
    6. Trois tortues.
    7. Cerfs et biches.
    8. Le colin-maillard.
    9. Oiseaux picorant.
    10. Scène burlesque sur une passerelle.

TORII KIYOMASSOU

2. — Un acteur debout, en costume rose décoré d'armoiries. Rehauts d'aquarelle et de noir laqué.

3. — Un acteur en costume guerrier, la tête couverte d'un grand chapeau de paille. Rehauts d'aquarelle et de noir laqué.

ÉCOLE DES TORII

4. — Scène de comédie à deux personnages. Pièce aquarellée.

HAROUNOBOU
Suite d'estampes de format carré.

5. — Deux jeunes filles près d'un ruisseau.

6. — Trois jeunes femmes près d'une cascade.

7. — Trois petits garçons renversant un grand vase.

8. — Une femme, assise sur une carpe, lit un makimono.

9. — Les deux princesses légendaires de l'île de Hachijo, costumées en porteuses de sel.

10. — Une femme et une petite fille, au bord de la mer, regardant voleter des oiseaux.

11. — Deux femmes, assises dans une barque, pêchant à la ligne.

12. — Deux femmes près d'une fontaine.

13. — Une partie de gô entre deux jeunes filles.

14. — Sujets divers. Cinq pièces qui seront vendues séparément.

KIYONAGA

15. — Une femme debout dans un jardin, sous le feuillage d'un bambou. Belle pièce en format kakémono.

16. — La sieste. Une jeune femme, couchée sur un banc, cause avec deux compagnes buvant et fumant. Fond de paysage.

17. — Une femme couchée se préparant à boire son thé. Scène d'intérieur.

18. — Trois jeunes femmes sous un abri en paille au bord de la mer. Pièce en hauteur.

19. — Scènes à plusieurs personnages. Cinq pièces de format carré, qui seront vendues séparément.

KIYOMINÉ

20. — Une femme, portant sur la tête un panier de verdure, cause avec un jeune homme accroupi portant également des pousses de sapin dans un panier. Jolie composition à tonalités roses.

BOUNTSCHO

21. — Une jeune femme debout tenant d'une main une longue pièce d'étoffe et de l'autre un bonnet et un manteau. Gracieuse composition de format en hauteur ; tirage en jolies tonalités roses et mauves.

22. — La pluie. Une jeune femme, portant un petit bateau, marche, suivie par un serviteur qui tient un grand parapluie ouvert au-dessus de sa tête. Pièce d'un charmant dessin sur fond gris.

KORIOUSAÏ

23. — Deux jeunes filles jouant au sougorokou. Jolie pièce de format carré.

24. — Deux jeunes filles accoudées sur une terrasse.

25. — La lecture faite par une courtisane à ses deux kamouros. Pièce de grand format.

TOYOHIRO

26. — Une jeune femme arrangeant des fleurs dans des vases. Composition de grand format en beau tirage. Pièce rare.

SHOUNSHO

27. — Danseuses. Trois jolies pièces de format étroit.

28. — Acteurs dans des rôles de femme. Trois pièces en format étroit.

29. — Acteurs et scènes de drame. Trois pièces en hauteur.

SHOUNWO

30. — Une courtisane rangeant un shamisen dans sa caisse en bois laqué. Elle se détourne vers une compagne debout derrière un paravent.

YEISHI

31. — Courtisanes en promenade. Belle pièce en noir et gris avec rehauts de jaune.

32. — Même sujet. Estampe en couleur de grand format.

33. — Jeune femme écrivant. Elle est accroupie devant sa table, tandis qu'une autre femme debout derrière elle tient à la main un livre ouvert.

34. — Une dame se lavant les mains sur une terrasse ; près d'elle un personnage en costume noble.

YEISHIN

35. — L'homme au faucon. Portrait en buste. Un jeune homme, au gracieux visage, tient d'une main un faucon et de l'autre une baguette. Robe rose à fleurs noires. Pièce d'un très beau dessin, rehaussée d'un coloris léger.

SHOUNTSCHO

36. — Trois dames dans un jardin de plaisance ; l'une écrit, une autre est couchée à terre devant un livre ouvert.

37. — Scène à plusieurs personnages à la porte d'une maison ; une femme se penche pour ramasser un poisson.

38. — Trois jeunes femmes et un enfant. Jolie pièce de format carré.

39. — Scène dans la campagne ; un jeune homme et deux femmes. Pièce carrée.

40. — Jeunes femmes examinant des éventails et des kakémonos. Pièce de grand format.

41. — Une dame debout dans la campagne cause avec une lavandière.

KITAO SHIGHÉMASA

42. — Un Daïmiyo, escorté de deux pages, s'avance dans la campagne, suivi de deux écuyers qui tiennent son cheval par la bride. Belle pièce de format oblong signé Ko sui saï.

TORIN

43. — Une lavandière et un petit garçon au bord d'une rivière. Jolie pièce oblongue.

43 *bis*. — Une partie de gô entre deux des dieux du bonheur. La déesse Benten les regarde. Intéressante composition de format oblong.

KIKOUGAWA YEIZAN

44. — Portraits en pied de courtisanes. Trois planches de grand format.

OUTAMARO

45. — Un tigre bondissant. Belle pièce en noir sur fond jaune.

46. — La sieste au bord de la mer. Trois personnages attablés sur un rivage. Pièce en hauteur.

47. — Scènes et sujets divers. Plaisirs et occupations de jeunes femmes. Onze pièces de grand format.

48. — Sujets maternels. Trois belles planches en grand format.

> 1° Une mère coiffant son petit garçon.
> 2° Une mère portant sur son dos un enfant.
> 3° Une mère câlinant un gros bambin qu'elle tient dans ses bras.

49. — Portraits de courtisanes. Huit planches de grand format.

50. — Scènes au Yoshiwara. Cinq planches de grand format.

51. — Réunions et promenades de courtisanes. Quatre planches de grand format.

52. — Les ouvrières du travail des vers à soie. Belle et rare série composée de douze planches et que l'on rencontre pour la première fois dans une vente publique.

53. — Annuaire des Maisons Vertes. Suite de douze planches en format oblong.

54. — Une femme debout, sous une lanterne rose. Belle pièce en format kakémono.

54 *bis*. — Une dame à sa toilette. Le buste nu, elle est accroupie devant un baquet plein d'eau et s'éponge. Jolie pièce en hauteur.

TOYOKOUNI

55 — Les iris. Quatre groupes de femmes sur une passerelle, au milieu d'iris émergeant d'un ruisseau. Suite de 4 planches en grand format.

56. — Un grand pont, sur lequel passe un cortège de femmes accompagnant une mariée. A la suite s'avance un acteur à cheval, escorté d'autres acteurs. Triptyque.

57. — Une courtisane causant avec un perroquet.

58. — Un acteur manœuvrant une poupée de courtisane.

59. — Une représentation théâtrale. Grand triptyque souvent décrit.

60. — Portrait en buste d'acteur. Belle pièce sur fond gris.

61. — Autre portrait d'acteur en buste sur fond jaune.

62. — Courtisane manœuvrant une poupée articulée d'acteur. Pièce de grand format oblong.

63. — Le tambourin. Jolie pièce de format carré, à trois personnages.

64. — Acteurs et scènes de théâtre. Sept pièces de grand format.

65. — Quatre jeunes femmes en promenade. Pièce en hauteur.

66. — Acteurs et courtisanes dans un bois de bambous. Scène de nuit. Triptyque.

67. — La joueuse de shamisen. Grand portrait de femme assise. Pièce sur fond jaune.

KOUNISADA

68. — Acteurs en promenade près des rochers d'Enoshima. Triptyque.

69. — Scène animée au bord de la mer. Au premier plan deux femmes attrapent une pieuvre. Triptyque.

70. — Un jeune prince se promenant sur un rivage. Deux femmes armées d'une longue vue le regardent du haut d'un tertre. Scène du *Genzi Monogatari*. Triptyque.

71. — Cinq diptyques représentant des acteurs.

72. — Portraits d'acteurs et scènes de théâtre. Dix-sept planches de grand format.

73. — Scènes de théâtre. Sept planches de format oblong.

74. — Scènes du célèbre roman d'amour, connu sous le nom de *Genzi Monogatari*. Vingt planches de format oblong.

75. — Illustrations d'un roman. Onze planches de format carré.

76. — Acteurs et scènes de théâtre. Sept planches de grand format.

77. — Série de grands portraits de femmes, en format kakémono. Quinze planches.

78. — Illustrations de scènes de drame et de roman. Treize planches de format oblong tirées en noir et gris. Pièces d'un beau dessin.

79. — Deux sourimonos de format carré, représentant des acteurs. Beau tirage à rehauts métalliques.

80. — Marine, paysages et scènes diverses. Sept pièces.

81. — La fête des cerisiers. Promenade du soir sous les cerisiers en fleurs dans la grande rue illuminée de lanternes rouges. Belle pièce de format oblong.

82. — Deux sourimonos carrés, acteurs et courtisanes.

KOUNIYOSHI

83. — Scènes de combat et massacre. Deux triptyques.

84. — Apparitions et sujets divers. Sept planches de grand format.

85. — Le cauchemar de Yoritomo. Triptyque.

86. — Apparitions et scènes fantastiques. Deux triptyques.

87. — Acteurs en promenade. Triptyque.

HOKOUSHIOU

88. — Portrait d'acteur en buste. Costume à décor de gourdes. Belle pièce en hauteur, sur fond jaune.

HOKOUYEI

89. — Une vague énorme s'enroulant en spirales sur lesquelles se détache un acteur en costume bizarre.

90. — Scène de drame. Deux acteurs sur un fond noir.

HOKUSAÏ

91. — Deux belles pièces de la *Série des Ponts*. Compositions de format oblong en bon tirage.

92. — Les teinturiers. Pièce de format carré.

93. — Les cavaliers. Un cavalier, monté sur un grand cheval blanc qu'il frappe de sa houssine, suit une route rose serpentant entre des massifs de verdure. Un autre cavalier, monté sur un cheval rouge, le précède. Sur la berge, qui descend jusqu'à la rivière, un pêcheur à la ligne. Grande estampe de format kakémono en bon tirage.

94. — Une dame jouant de la flûte, accompagnée sur le kôto par un homme assis près d'un tertre fleuri. Beau sourimono carré. Signé Tameichi.

95. — Préparatifs de fête. Joli sourimono signé Tameichi.

96. — Une fête populaire sur les bords de la Soumida. Des baraques en plein vent attirent la foule qui se presse sur la berge et sur le grand pont, tandis que la rivière est sillonnée de barques pavoisées d'où s'élancent dans le ciel des fusées d'artifice. Rare et intéressante composition de format oblong. Signé Shounro.

97. — Le cheval de bois. Scène à plusieurs personnages. Pièce carrée signée Shounro.

98. — Paysage de printemps. Au premier plan, trois personnages sur le bord d'un étang. Au second plan, les teintes roses d'un coucher de soleil. Belle pièce oblongue à gaufrures.

HOKKEI

99. — Kintoki se cramponnant à une carpe qui bondit dans une cascade. Beau sourimono carré.

100. — Deux personnages avec des masques de vieillards. Sourimono carré.

101. — Komati et deux personnages de la Cour. Sourimono à gaufrures et à rehauts d'argent.

102. — Vases et ustensiles. Sourimono à rehauts cuivreux et argentés.

103. — Des gens traversant un pont sous une cascade. Scène plaisamment traitée. Format oblong.

104. — Jeune femme peignant un kakémoso. Pièce carrée de petit format.

KEISAÏ YEISEN

105 — Scènes et paysages aux environs de Yédo. Treize pièces de
format oblong, en bon tirage ancien.

GOGAKOU

106. — Des jonques sur une rivière que dominent des rocs escarpés.
Belle composition de grand format.

HIROSHIGHÉ

107. — Une des vues du lac Biwa. Belle et célèbre composition de
format oblong.

108. — Une vague bondissant dans une caverne. Intéressante planche
à gaufrures. Format oblong.

109. — Un chat à la fenêtre d'une maison de thé, en face du faubourg
d'Asakousa.

110. — Les renards à Oji, la nuit. Pièce en hauteur.

111. — Vues prises sur la route du Tokaïdo et aux environs de Yédo
Trente-deux planches de grand format en hauteur.

112. — Sites et scènes sur les routes du Tokaïdo et du Kissokaïdo.
Seize planches de format oblong.

113. — Sites et paysages aux environs de Yédo. Le coup de vent,
les porteurs dans le brouillard, une halte dans une maison de thé
au soleil couchant, un chemin creux. Sept planches de format
oblong.

114. — Paysages. Seize planches de format oblong.

115. — L'étang des nénuphars et paysage de printemps. Vue pano-
ramique. Triptyque.

116. — Vues prises sur le Tokaïdo. Belle série de 39 planches en
tirage ancien, un des chefs-d'œuvre du grand paysagiste.

Ces planches seront vendues séparément.

117. — Scènes et paysages. Dix planches de format oblong.

PAYSAGES

118. — Belle série de neuf planches par Hiroshighé et divers. Bonnes pièces de format oblong, qui seront vendues séparément.

COMPOSITIONS DIVERSES

119. — Cinq planches de format différents. Pièces en beau tirage, Sourimonos, etc.

Ce numéro sera divisé.

CARICATURES

120. — Huit pièces de petit format dans le style des Tobayé, par Kounitsouné.

PEINTURES

121. — Quatre scènes peintes à l'aquarelle, dans le style de Massanobou.

122. — Métiers et occupations des femmes. Quatorze peintures à l'aquarelle avec les têtes gouachées. Format oblong.

123. — Scènes burlesques. Deux aquarelles signées Cho-sai.

124. — Quatre peintures à l'encre de Chine. Le Sennin à la grue, Le Sennin à la carpe, etc. Pièces d'un beau dessin en forme d'éventails.

125. — Des papillons. Pièce oblongue aquarellée.

BELLE SÉRIE

TRIPTYQUES ET DE DIPTYQUES

en excellent tirage

YEIZAN

126. — Fête de nuit sur le Soumida : Au fond, le grand pont chargé d'une foule immense se détache sur le ciel noir, éclairé par des feux d'artifices. Au premier plan, d'élégantes jeunes femmes dans un amoncellement de barques, rappelant une composition célèbre d'Outamaro. Beau triptyque en tirage ancien.

127. — Trois courtisanes en superbes costumes, sous des arbres en fleurs. Belle composition à tons délicats. Triptyque.

128. — Quatre jeunes femmes autour d'un large brasero. Joli triptyque au verso duquel on a collé un triptyque de Kounisada représentant trois courtisanes dans un paysage borné par des montagnes boisées d'où s'échappent des cascades.

129. — La sortie du bain. Une jeune femme, à demi nue, vient de jeter sur ses épaules un ample peignoir. Jolie composition. Sur le même carton, on a collé cinq autres estampes représentant des jeunes femmes, par Toyokouni et Kounisada.

130. — Un jeune pêcheur tire un gros poisson dans son filet. Il est entouré de cinq dames élégantes qui le regardent curieusement. Diptyque avec un joli fond de paysage. Au verso, deux courtisanes et un diptyque de Kounisada représentant cinq jeunes femmes folâtrant dans la campagne près d'une lavandière penchée au bord d'un ruisseau.

SHOUNTSCHO

131. — La promenade sous les pruniers en fleurs. Neuf jeunes femmes et un enfant cueillant des fleurs au bord d'une rivière. Gracieuse composition en tirage délicat. Le paysage est traité avec un soin tout particulier et rappelle les belles compositions de Kiyonaga. Triptyque rare.

132. — Une douzaine de jeunes femmes sur une terrasse qui domine un superbe paysage où le feuillage rose des arbres se marie agréablement à la verdure des collines. Les costumes sont superbes et la composition est traitée avec une extrême élégance et une grande délicatesse de coloris. Très beau et rare triptyque.

YEISHI

133. — Scènes d'intérieur. Joli triptyque dans une tonalité presque monochrome.

YOSHITAKA

134. — Réunion de jeunes femmes dans un joli paysage de printemps égayé par la coloration rose des arbres en fleurs. Beau triptyque dans le style de Kiyonaga.

ÉCOLE D'OUTAMARO

135. — Un restaurant. Beau triptyque où de gracieuses et élégantes femmes vont et viennent dans une immense pièce éclairée par de grosses lanternes rouges, tandis que tout autour des personnages attablés boivent et mangent. A droite, les préparatifs de la cuisine; à gauche, la caissière préparant l'*addition*. Curieuse et intéressante compostion en excellent tirage.

SHOUNWO

136. — Une dame, en capeline noire, donnant la main à un petit garçon. — Sur le même carron deux jeunes femmes par Toyokouni, deux coutisanes par Kounisada et un curieux portrait d'acteur en femme par Kouniyoshi.

TOYOKOUNI

137. — Six acteurs en promenade au pied du Foudji. Curieux triptyque dans lequel les visages glabres des personnages produisent
un effet singulier.

138. — La fabrique d'éventails. Beau triptyque où l'on voit trois
groupes de femmes peignant ou montant des éventails. Tout le
fond du magasin est jaune et garni de casiers étiquetés. Comme
enseigne, un immense éventail avec une grande inscription en
noir.

KOUNISADA

139. — Deux acteurs, l'un dans un rôle de femme, l'autre, jambes et
bras nus, représente un personnage de comédie. Diptyque à fond
de paysage. Au verso, un autre diptyque représentant une scène
de comédie à deux personnages.

140. — Six portraits de courtisanes en superbes costumes, montés sur
carton recto et verso.

141. — Les pêcheuses d'awabi en face des rochers d'Enoshina. Pièce
curieuse à comparer à la célèbre composition d'Outamaro. —
On a collé sur le même carton 5 autres compositions, la pluie, la
neige, les bords du lac Biwa, avec des enfants nus d'un curieux
dessin, par Kounisada, et une pièce caricaturale par Kouniyoshi.

KOUNIYOSHI

142. — Six compositions, collées au recto et au verso d'un carton.

HIROSHIGHÉ

143. — Un site montagneux. Dans le fond, de grandes montagnes
vertes, par l'échancrure desquelles coulent des cascades. Une
route escarpée conduit à un village bâti sur le bord d'un lac. Au
premier plan, sous de longs nuages qui traversent la composition, d'autres cascades et les bords d'un torrent. Triptyque rare.

144. — Une grève au bord de la mer. Au premier plan, des collines
ombragées par de grands pins parasols formant comme un enca-
drement à la composition. — Les constructions d'un temple au
milieu d'un bois de sapins. Deux excellentes compositions accolées
sur un carton.

145. — Un village au bord d'un lac sous un soleil couchant. Dans la rue, éclairée par les lanternes rouges des boutiques, circule une foule de personnages. — Une maison de thé près d'une rivière, et, dans le fond, une montagne à demi voilée par la brume. Deux belles estampes accolées sur un carton.

146. — Divertissements sur la rivière. Dans le lit à demi desséché de la Soumida, on a élevé de petites estrades sur lesquelles des familles de Yédo viennent prendre le repas du soir. Au fond, des montagnes estompées par le crépuscule et de longs cirrus. — Un village sous la neige. Deux très beaux paysages, accolés sur un carton.

147. — Une maison de thé dans la montagne. — Une grande jonque à l'ancre. Deux pièces, accolées sur un carton.

148. — L'arc-en-ciel. Beau paysage, avec une maison de thé au premier plan. — L'entrée d'un pont, avec une foule de personnages. Deux estampes accolées.

149. — La rue d'un village bâti sur une colline au bord d'un lac. — Les constructions d'un temple et, au premier plan, un torii près d'un ruisseau. Deux estampes accolées.

150. — Une maison de thé dans la campagne. Jolie pièce avec un fond rose de soleil couchant. — Un pèlerinage. Une foule compacte sortant d'un temple sous le crépuscule qui assombrit l'horizon. Deux excellentes compositions accolées.

151. — Vues sur le Tokaïdo. 24 estampes montées sur carton au recto et au verso.

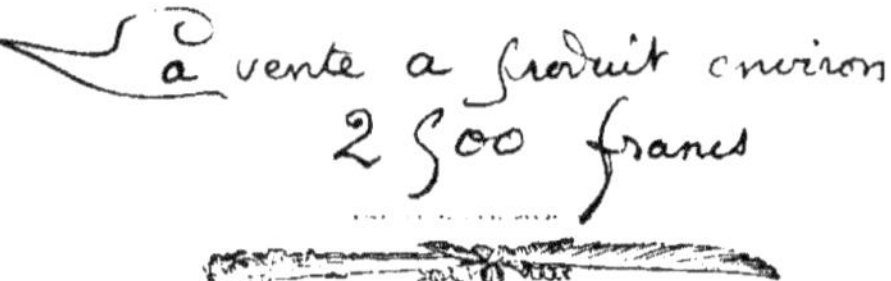